AF482845

# RELACHE

## POUR LA RÉPÉTITION GÉNÉRALE

### DE

# FERNAND CORTEZ,

### OU

## LE GRAND OPÉRA EN PROVINCE;

### PARODIE EN UN ACTE,

### MÊLÉE DE VAUDEVILLES,

### Par MM. MOREAU, ROUGEMONT et JULES.

Représentée, pour la première fois, à Paris, sur le THÉÂTRE DU VAUDEVILLE, le Jeudi 21 Décembre 1809.

---

**Prix : 25 sous.**

---

## A PARIS,

Chez FAGES, Libraire du THÉÂTRE DU VAUDEVILLE, au Magasin de Pièces de Théâtre, Boulevard Saint-Martin, N°. 29, vis-à-vis la rue de Lancry.

---

1810.

<table>
<tr><td>

**PERSONNAGES.**
</td><td>

**ACTEURS.**
</td></tr>
</table>

M. TÉLESCOP , régisseur du théâtre
  de Saulieu.        M. LENOBLE.
FLORVAL , habitant de Saulieu.  M. SÉVESTE.
DÉVERGONDILLY, sœur de Télescop. Melle. MINETTE.
UN COSTUMIER.      M. JOLY.
UN MACHINISTE.     M. FONTENAY.
UN COMÉDIEN.      M. GUENÉE.
UNE DUEGNE.      Melle. BODIN.
UN MAITRE DE MUSIQUE.  M. ETIENNE.
LAURENT , garçon de théâtre.  M. CARLE.
BAZILE ,    sous le costume des M. JUSTIN.
INNOCENTIN ; trois Innocens, dans M. THERIOT.
IGNACE ,    la pièce de ce nom. M. NEVEU.
FERDINAND.       M. EDOUARD.
Ecuyers de sa suite.
Comédiens et Comédiennes du Théâtre de Saulieu.

---

*La Scène se passe sur le Théâtre de Saulieu ,
dans le Département de la Côte-d'Or.*

~~~~~~~~~~~~~~~~

 Quand la toile se lève, le Théâtre représente une chambre
rustique. ( *Comme dans le Maréchal Ferrant.* ) Pendant
la seconde Scène on enlève la Toile du fond , et l'on ôte
la forge. Une table, des chaises, etc.

## AVIS.

Tous les exemplaires , non signés de l'Éditeur, seront réputés
contrefaits , et tout Contrefacteur sera poursuivi.

~~~~~~~~~~~~~~~~

# RELACHE
## POUR LA RÉPÉTITION GÉNÉRALE
## DE FERNAND CORTEZ.

### SCENE PREMIÈRE.

TOUS LES PERSONNAGES QUI SE TROUVENT A LA FIN DU
MARÉCHAL FERRANT.

TÉLESCOP.

Air *du Vaudeville du Maréchal Ferrant.*

» Je suis un pauvre maréchal
» Et je me donne bien du mal ;
» Pour achalander ma boutique ,
» Prouvez que vous êtes contens
» Et faites voir qu'en bons chalands ,
» Vous m'accordez votre pratique ,
 » Tot , tot , tot,
 » Battez chaud
» Tot , tot , tot , bon courage ,
» Il faut avoir cœur à l'ouvrage. »

( *Après avoir repris en chœur la fin du couplet, les acteurs saluent le public et se retirent. Télescop qui joue le Maréchal Ferrant, s'avance sur le théâtre , fait trois saluts et dit au public :* )

Messieurs et mesdames , les comédiens ordinaires du théâtre de Saulieu, dont je suis régisseur, ont l'honneur de vous prévenir, que, sensibles à l'accueil que vous avez bien voulu leur faire, ils vont donner relâche pendant trois jours, et que jeudi prochain ils tâcheront de jouer sans faute la première représentation de Fernand Cortez, ou la conquête du Mexique, grand opéra en trois actes qui vient d'obtenir le plus brillant succès à l'Académie Impériale de Musique, à Paris ; cet ouvrage sera orné de danses, de marches, d'évolutions militaires, de combats à outrance, embelli de la destruction du temple du Soleil , et de l'incendie de la flotte. Pour éviter les inconveniens qui résultent de l'odeur de la poudre, nous avons l'honneur de prévenir ces dames que le bombardement de Mexico *se fera à l'arme blanche.* ( *Il fait trois saluts et se retire ; on va pour baisser la toile.*

TÉLESCOP, *aux garçons.*

Ne baissez pas ; ne baissez pas... et n'éteignez rien ; le spectacle a fini de bonne heure, le public est parti , nous allons répéter.

TOUS LES COMÉDIENS.

Comment répéter!

UN COMEDIEN.

Après avoir joué le Maréchal Ferrant?

LE MAÎTRE DE MUSIQUE, *se levant dans l'orchestre.*

Mais, M. Télescop, vous n'y pensez pas, il est neuf heures et demie, moi, je ne puis pas garder mes musiciens.

TELESCOP.

Eh! bien, monsieur, nous répéterons au quatuor, gardez-en seulement une demi-douzaine

LE MAÎTRE DE MUSIQUE.

Vous annoncez la pièce pour jeudi... et je n'ai pas seulement la partition.

TELESCOP.

Un rien vous embarrasse, montez au bureau de musique, prenez toutes les partitions que vous trouverez, nous en arrangerons une. ( *Aux acteurs.* ) Nous ne sommes pas ici à Paris, messieurs, et il faut souvent des nouveautés pour faire de l'argent, dans le département de la Côte d'Or ; d'ailleurs le danger qui nous menace exige de votre part un entier dévouement, vous savez qu'un nouveau venu de je ne sais quel endroit, directeur d'un spectacle inconnu jusqu'à présent aux habitans de Saulieu, et se disant élève d'un écuyer célèbre appelé Franconi, s'est flatté d'envahir notre théâtre et d'exploiter à son tour la mine d'or qui nous enrichit depuis si long-temps. Déjà même l'affiche de son théâtre annonce aujourd'hui pour l'ouverture, *la Famille des Innocens*, pantomime équestre, et pour comble d'infortune, ma sœur Devergondilly, l'ingénuité de la troupe, au mépris d'un engagement signé du directeur, est allée se jetter à la tête de nos fiers ennemis en sortant de jouer l'autre jour, le Départ pour Saint-Malo ; elle nous abandonne... Faut-il, mes camarades, que j'aie à rougir à vos yeux de la conduite de cette jeune princesse, si bien appréciée dans toute la Côte d'Or.

Air : *Ah! ma fille, que faites-vous?*

Ah! ma sœur, qu'avez-vous fait là ?
 Quitter un théâtre,
 Où le public vous idolâtre,
Mon cœur me dit d'oublier ça,
Mais le devoir parle et mon cœur se taira
 ( *Aux comédiens.* )
Remplaçons ( ter. ) là.
 Pour plaire
 Au parterre,
Une ingénue est nécessaire,
 Cherchons-en, ( ter. )
 LA DUEGNE.
 N'est-ce que ça ?
Je puis au besoin tenir cet emploi-là.

( 5 )



TELESCOP.

Je sais bien que vous jouez les travestissemens ; mais ne perdons pas une minute.

UN COMÉDIEN.

C'est ça, nous montons à nos loges nous déshabiller et nous revenons à l'instant.

TÉLESCOP, *les retenant.*

Non, non pas, non pas, messieurs, vous avez presque tout le magasin sur le corps et nous choisirons en répétant les costumes de la pièce nouvelle.

UN COMÉDIEN.

Mais voyons le poëme, au moins les rôles sont-ils longs ?

TÉLESCOP.

Ils ne sont pas copiés.

UN COMÉDIEN.

Voilà comme vous êtes.

Air : *Vaud. de l'Avare.*

C'est avoir aussi trop de zèle,
Pourquoi promettre aux abonnés,
Encore une pièce nouvelle,
Les rôles n'en sont pas donnés.
Plein d'une confiance extrême,
Sitôt qu'un ouvrage a paru,
Vous l'annoncez sans qu'il soit su.

TELESCOP, *gaîment.*

Vous le jouez souvent de même.

UN COMÉDIEN.

Je vous conseille de vous plaindre ! trouvez des comédiens qui fassent le métier que nous faisons. Enfin pour moi je ne quitte pas les planches.

Air : *De la Catacoua.*

Portant le casque et la livrée,
Marquis, père noble, ou Crispin,
Je fais dans la même soirée,
Orosmane et monsieur Pepin.

LA DUEGNE.

N'ai-je pas encor, plus alerte,
Joué du soir au lendemain,
Psiché, Manon,
Nina-Vernon
Cateau, Vénus,
Proserpine et de plus,
La jeune prude, Guerre ouverte,
Lucrèce et la mère Camus.

TELESCOP.

Eh ! mon dieu ! je rends bien justice à votre zèle, mais convenez aussi que j'ai une manière noble d'encourager le talent et de reconnaître par de petites gratifications les efforts de mémoire que vous êtes obligés de faire de temps en temps.

Air : *Je vous comprendrai toujours bien.*

Au travail êtes vous ardens ,
D'être généreux je me pique,
Monsieur n'a t-il pas eu neuf francs,
Pour le rôle du Magnifique ,
Et Madame , que ses talens
Laissent à Saulieu sans rivale,
N'a t'elle pas eu dix huit francs,
Pour avoir joué ( *bis.* ) la Vestale.

Je ne serai pas plus ingrat cette fois-ci... Laurent ! Laurent !

## SCENE II.

### Les Mêmes, LAURENT.

#### LAURENT.

Monsieur !

#### TELESCOP.

Tenez , voici la clef , allez ouvrir aux autres comédiens qui jouaient dans la Veuve du Malabar et dans les Fausses infidélités et que j'ai eu soin d'enfermer au foyer pour qu'ils ne s'en allassent pas avant la fin du spectacle. Dites ensuite au machiniste et au costumier, que je les attends sur le théâtre.

#### LAURENT.

Oui , monsieur. ( *Il sort.* )

#### TÉLESCOP.

Mais voici justement le maître de musique.

## SCENE III.

### Les Mêmes , LE MAITRE DE MUSIQUE , *apportant un grand nombre de partitions.*

#### LE MAITRE DE MUSIQUE.

Ouf ! voilà tout ce que vous m'avez demandé... Mais que diable voulez-vous faire de toutes ces partitions là ?

#### TELESCOP.

Ce que j'en veux faire !.. Eh ! parbleu la musique de notre opéra nouveau.

#### LE MAITRE DE MUSIQUE.

De la musique nouvelle avec ces vieilles pièces !

#### TELESCOP.

Sans doute .. Allons , mettez-vous-là.

Air : *Voilà la vie.*

Prenez dans Chimène,
Dans Anacréon ,
Dans Œdipe, Alcmène,
Castor , Démophon ,
Voilà,

La manière
De faire, ( bis. )
Voilà.
La manière,
De faire
Un opéra.

LE MAÎTRE DE MUSIQUE.

*Même air.*
Mais c'est un scandale,
Que ces larcins là.

TELESCOP.

Dans la capitale,
Chacun vous dira
Que c'est la manière
De faire, ( bis. )
La bonne manière,
De faire un opéra.

TOUS.

Oui, c'est la manière, etc.

LE MAÎTRE DE MUSIQUE.

Ma foi si j'avais su cela plutôt, il y a long-temps que j'en aurais fait un.

UN COMEDIEN.

Mais, M. Télescop, le journal que vous nous avez lu ce soir fait un grand éloge de la musique de Fernand Cortez.

TELESCOP.

Et je la crois très-bonne aussi, je sais ce qu'on peut attendre de l'auteur de la Vestale. Mais je ne crois pas faire injure à ce jeune compositeur en remplaçant sa musique, par celle de nos plus grands maîtres... Voici fort à propos le reste de la troupe.

# SCENE IV.

LES MÊMES, TOUS LES COMÉDIENS dans la coulisse.

(*Les uns sont habillés comme dans la Veuve du Malabar,
les autres comme dans les Fausses Infidélités* )

Air : *Dérouillons, ma commère.*
Descendons, ( bis. ) cher confrère,
Descendons, ( bis. ) savoir çà.

UNE FEMME.

Par quel caprice nous faire
Garder ces costumes là ?

TELESCOP.

Pour répéter, je l'espère,
Chacun de vous restera.

TOUS.

En ce cas, cette nuit, cher confrère, (bis.)
Personne ici ne reposera, ( bis. )

UNE FEMME.

Quoi ! toute la nuit entière,
Sans dormir se passera ?

TELESCOP.
Nous ne répétons, ma chère,
Que trois actes d'opéra.
TOUS.
En ce cas, cette nuit, cher confrère, ( bis. )
Comme à l'ordinaire, ( bis. )
On dormira. ( bis. )

TELESCOP.
Eh! sans doute! Ah! ça, mes amis, j'ai un petit secret à vous confier. J'ai promis au public de Saulieu, Fernand Cortez, opéra... Mais le poème n'est pas encore arrivé.
TOUS.
Comment allons nous faire ?
TELESCOP.
Un rien vous alarme. Ne vous souvient-il plus de l'adresse avec laquelle je me suis vingt fois tiré de pareils embarras? Dernièrement encore n'ai-je pas, en ajoutant quelques bons morceaux de musique au *Réveil du Charbonnier*, persuadé au public qu'on lui représentait *Koulouff ou les Chinois* ? N'ai-je pas, en allongeant quelques scènes d'*Arlequin Hulla*, trouvé moyen d'en faire *Gulistan* ou *le Hulla de Samarcande* ? N'ai-je pas affiché la *Revanche*, et joué les *Projets de Mariage* ? Avec le *Double Veuvage* de Dufresny, n'ai-je pas fait le petit opéra comique du *Grand Deuil* ?
TOUS.
C'est vrai, c'est vrai !
TELESCOP.
Eh bien, Messieurs, nous ne serons pas plus embarrassés aujourd'hui. Je n'ai pas Fernand-Cortez, opéra, j'en conviens, mais j'ai Fernand Cortez, tragédie de Piron ?
TOUS
Mais ces deux ouvrages ne se ressemblent pas ?
TELESCOP.
Non, sans doute.

Air : *C'est ce qui me console.*

Tous deux naquirent à Paris ,
Au milieu, des jeux et des ris
Voilà la ressemblance.
Le premier des long-temps est mort,
Le second ne l'est pas encor
Voilà la différence.

Mais, à l'aide du journal que j'ai reçu ce matin, et qui donne les plus grands détails sur la première représentation de l'opéra, j'ai déjà arrangé une partie de la pièce de Piron. Je mets la révolte du quatrième acte au premier ; je supprime le rôle de Montezuma ; j'arrange mon dénouement sur celui d'*Iphigénie en Tauride* ou de la *Veuve du Malabar* ; je mêle à tout cela quelques beaux vers ; des chœurs *tron* , *tron* , des marches , *pan* , *pan* , *pan* , des danses , *trala déridera* ; des canons , *pon* , *pon* ; des pétards , des fusées , *feh* , *feh* , *feh* , et vous m'en direz des nouvelles.

TOUS.

Bravo ! bravo !

LA DUÈGNE.

Air : *Pour la baronne.*

Tout comme un autre ,
Auteurs , Monsieur vous prouvera,
Que son talent vaut bien le vôtre,
Et qu'il sait faire un opéra ,
Tout comme un autre.

TELESCOP.

Tenez , mes amis, voici plusieurs exemplaires de la tra-gédie de Piron. Amusez-vous tous à copier vos rôles.

TOUS.

Donnez , donnez ; cela sera bientôt fait. ( *Ils se rangent tous sur les côtés du théâtre , et écrivent sur leurs genoux , ce qui forme un tableau grotesque.* )

# SCENE V.

LES MÊMES , LE MACHINISTE ET LE COSTUMIER.

LE MACHINISTE.

Je vous dis que c'est moi, que c'est le machiniste qu'on demande.

LE COSTUMIER.

Et moi, je vous dis que c'est le costumier.

LE MACHINISTE.

Air : *Une fille est un oiseau.*

Il s'agit d'un opéra ,
Le décor est nécessaire.

LE COSTUMIER.

Mais les costumes , j'espère ,
Passent encore avant çà.

LE MACHINISTE.

Sans mon décor , que l'on cite,
Adam , malgré son mérite,
Serait mort deux fois plus vite ,
Je lui sauvai ce danger.

LE COSTUMIER.

Il me dût cette victoire.

TELESCOP.

N'en disputez pas la gloire ,
Vous pouvez la partager.

Eh! messieurs, messieurs, je fais autant de cas des ta-lens de l'un, que de ceux de l'autre, et j'ai de tous les deux un besoin indispensable:

2

Air : *Daignez m' pargner le reste.*

Lorsque je monte un opéra ,
Je suis les anciennes routines,
Je sais que dans ce genre-là
On n'a jamais trop de machines,
Car du poème le mieux fait,
Maint exemple à Paris l'atteste,
Si par malheur on supprimait
Costumes , décors et ballet,
On ne viendrait pas pour le reste.

Commençons donc par vous, monsieur Deshabillé... il s'agit de me remettre à neuf un corps de danseuses.

DESHABILLÉ.

Diable ! monsieur !... c'est que je n'ai rien pour çà, moi.

TELESCOP.

Comment, monsieur Deshabillé, vous qui avez été vingt-cinq ans costumier du magasin de l'Opéra, vous ne savez pas comment on rajeûnit les objets qui commencent à vieillir un peu ?

DESHABILLÉ.

Il me faut d'abord, monsieur, vingt-cinq aunes de fleurs, c'est indispensable.

TEPESCOP.

Comment! comment! et les guirlandes de roses que j'ai fait faire pour le dernier mélodrame ?

DESHABILLÉ.

Ça n'est plus présentable; monsieur , écoutez donc , un petit théâtre n'est pas aussi avantageux qu'un grand.

Air *du ballet des Pierrots.*

De votre scène trop bornée,
Le spectateur est si voisin ,
Qu'une rose semble fanée ,
Presqu'en sortant du magasin ;
Mais grâce à l'optique infidèle,
L'opéra jouit d'autres droits,
Et la rose y parait nouvelle,
Après avoir servi vingt fois.

TELESCOP.

Eh! bien , on fera la dépense des fleurs.

DESHABILLÉ.

Ce n'est pas tout, monsieur.

Air : *Tous les bourgeois de Chartres.*

Il faut pour les costumes ,
De ce nouveau ballet,
De la gaze et des plumes.

TELESCOP.

Alte-là s'il vous plait ;
De ce que je fournis ,

J'ai mon traité pour baze ;
En les engageant à Paris,
Toutes ces dames m'ont promis,
De se passer de gaze.    .

Comme à l'Opéra.

DESHABILLÉ.

Eh! bien , monsieur, qu'est-ce que vous voulez donc que
je vous fasse?

TELESCOP, *lisant.*

Il me faut d'abord quatre figurans mexicains , trois espagnols, six indiens Tlascaltètes.

DESHABILLE , *l'interrompant.*

Qu'est-ce que c'est que çà? six indiens Tlascaltètes ?... ah!
je vois ce que c'est, ce sont des espèces de chinois... Bon,
j'ai mon ballet de Kokoli que je ferai blanchir. Après?

TELESCOP, *lisant toujours.*

Six femmes mexicaines.

DESHABILLÉ.

Est-ce que vos mexicaines ne seraient pas bien avec nos
habits turcs de la Caravanne.

TELESCOP.

Mais non, ce sont des habits de sauvages qu'il vous faut
faire à mes danseuses.

DESHABILLÉ.

Air : *Dans la vigne à Claudine.*

Ah! pour ces demoiselles,
Daignez m'en dispenser,
Il me faut avec elles ,
Toujours recommencer.
D'ajuster leurs corsages,
J'ignore le moyen ,
Les habits de sauvages ,
Ne leur vont jamais bien.

TELESCOP.

Défaut d'habitude. Elles s'y feront.

LE COSTUMIER.

Allons, monsieur, j'arrangerai tout cela pour le mieux.

Air : *Rendez-moi mon écuelle.*

Je vais retourner mes magasins,
Et votre affaire est faite ,
Espagnols, sauvages, mexicains,
J'ai tout çà dans la tête ,
Et prenant des pièces, des morceaux,
Puisqu'enfin il faut s'y résoudre ,
Pour vous faire des habits nouveaux ,
Je m'en vais en découdre.

TELESCOP.

Un mot encore , M. Deshabillé.

DESHABILLÉ.

Qu'y a-t-il pour votre service, monsieur?

TELESCOP.

Toute ma troupe est employée dans l'Opéra nouveau , et vous savez que dans les cas urgens nous avons recours à vous pour chanter les grands prêtres.

DESHABILLÉ.

Et vous savez que je m'en acquitte avec plaisir. Quand un tailleur a habillé et deshabillé pendant vingt-cinq ans , les grands prêtres , il lui en reste toujours quelque chose.

TELESCOP.

Vous descendrez pour la fin de la répétition.

DESHABILLÉ.

C'est entendu , monsieur , et je m'arrangerai moi-même un costume.

( *Il sort en chantant.* )

« Apollon, est sensible à nos gémissemens !
» Et des signes certains m'en donnent l'assurance. »

# SCENE VI.

## Les Mêmes , hors DESHABILLÉ.

TELESCOP.

Ah ! ça , à nous deux , monsieur le machiniste.

LE MACHINISTE.

Quand vous voudrez , monsieur , je vous attends.

# SCENE VII.

## Les Mêmes , FLORVAL.

FLORVAL.

Eh ! bon soir , mes amis ; mon cher Télescop , je vous salue.

TELESCOP.

C'est vous , M. Florval , le plus fidèle de nos abonnés ! déjà de retour de Paris !

FLORVAL.

Je suis arrivé il y a deux heures. Mon oncle le sous préfet , qui vient de rentrer du spectacle, m'ayant annoncé que vous alliez passer une partie de la nuit à faire une répétition de l'Opéra de Fernand Cortez, que je viens de voir jouer à Paris, je suis venu pour comparer...

TELESCOP.

Monsieur... ( *A part.* ) En voici bien d'un autre.

LE MACHINISTE.

Quand vous voudrez , monsieur , je vous attends.

( 13 )



Savez-vous bien que c'est un véritable cadeau que vous
allez nous faire-là. Un ouvrage superbe ! admirable ! qui a
déjà une vogue !.. Les loges sont retenues pour dix représen-
tations.

TELESCOP.

( *A part.* ) Tâchons de détourner la conversation. (*Haut.*)
Mais si je ne me trompe ; on parle d'un début à l'Opéra-
Comique , qui attire au moins autant de monde.

FLORVAL.

Oui, sans doute, Ambroise a fait faire de bonnes journées
et nous avons retrouvé Suzanne.

Air : *d'Ambroise.*

Aimable enfant, par héritage,
Tu joins aux grâces de ton âge,
Ce ton vrai, cet accent enchanteur,
Qui charment l'oreille et le cœur.
Thalie, en te voyant, ignore
Comment ses secrets sont les tiens,
Dans l'âge où l'on les cherche encore , ( *bis.* )
Toi tu les tiens , oui, tu les tiens. ( *bis.* )

LA DUÈGNE , *se relevant.*

Ah ! M. Florval , dites-moi , je vous prie , la princesse
est-elle bien intéressante ?

FLORVAL.

Amazilly... n'est-ce pas ?

TELESCOP , *embarrassé.*

Oui , Amaz... Amazilly.

FLORVAL.

On ne peut plus intéressante , mais il faut convenir que
son rôle est joué dans la perfection.

Air : *De la Sentinelle.*

N'espérez pas vous approcher jamais,
Du beau talent qui créa la Vestale,
Digne soutien de l'opéra français,
Amazilly , n'aura point de rivale.
    Du bon goût , modèle charmant ,
    Elle surpasse notre attente,
Et par un double enchantement,
    C'est Melpomène en déclamant,
C'est Euterpe quand elle chante.

LA DUÈGNE.

C'est un rôle fait à ma taille je vois cela d'ici ; et le costume ?

FLORVAL.

Américain.

Air : *J'ai vu le Parnasse des Dames.*

Chaque Mexicaine jolie,
De l'art, ignorant les secrets,
Met toute sa coquetterie,
A ne pas cacher ses attraits,
C'est Vénus, au sortir de l'onde.

TÉLESCOP.

Fort bien, je comprends, mon ami,
Qu'on s'habille dans l'autre monde,
Comme on s'habille en celui ci.

LA DUÈGNE.

Bon, mon ancienne tunique d'Azémia et mon manteau de
Rodogune, je serai à peindre.

TÉLESCOP, *à part.*
Comment diable tromper celui-ci ?

LE MACHINISTE, *à* **Télescop.**
Quand vous voudrez, monsieur, je vous attends.

TÉLESCOP.
Tout-à-l'heure, c'est bon.

FLORVAL.
Ah ! ça, que je ne vous interrompe pas. Continuez, je
vous en prie, je sais ce que c'est qu'une répétition d'opéra,
j'ai vu celle de Fernand Cortez à Paris.

TÉLESCOP, *embarrassé.*
Mais c'est que nous n'avons pas encore nos habits et nous
voulions répéter avec les costumes.

FLORVAL.
Pourquoi donc ? pourquoi donc ? un opéra ! cela se répète
en bonnet de nuit.

LE MACHINISTE.
Quand vous voudrez, monsieur, je vous attends.

TÉLESCOP.
Vous dites donc que Fernand Cortez ?..

FLORVAL.
Offre un spectacle magnifique. Des changemens de décor,
des chevaux qui font l'exercice, des soldats qui font la
parade, un clair de lune auprès du temple du soleil, une
flotte qu'on brûle, une femme qu'on immole... C'est char-
mant, délicieux, d'honneur, c'est à mourir de plaisir si l'on
n'y étouffait de chaleur.

UN COMEDIEN.
Monsieur, indiquez-moi la manière de jouer le rôle de
Cortez ?

FLORVAL.
Eh ! mon ami, ne savez-vous pas ce que c'est qu'un héros
de l'opéra ?

Air : *J'aime ce mot de gentillesse.*

De Quinault disciple fidèle,
L'auteur nous y montre toujours,
Un guerrier, que la gloire appelle,
Et que retiennent les amours ;
On devrait se faire un scrupule,
D'affadir ainsi les héros,
Quand on nous représente Hercule,
Ce n'est point avec ses fuseaux.

UN COMEDIEN.

Mais dans le quatrième acte il n'est pas amoureux ?

FLORVAL.

Comment, le quatrième acte ? mais il n'y en a que trois.

TELESCOP, *à part.*

Tout va se découvrir.

UN COMEDIEN, *déclamant, et tenant à la main la tragédie
de Piron.*

« L'or fut le seul objet pour qui vous soupirâtes,
» Vous me suivîtes moins en guerriers qu'en pirates. »

FLORVAL.

Que diable dites-vous donc là ? Permettez - moi de voir.
( *Il lui prend la tragédie.* ) Mais c'est le Fernand Cortez
de Piron ?

TELESCOP, *à part.*

Il n'y a plus moyen de reculer. ( *Haut.* ) Il faut vous
l'avouer : n'ayant pu me procurer le poëme de l'opéra
nouveau, et n'écoutant que le désir d'être agréable à un
public éclairé , qui ne s'est jamais aperçu de ces petites
supercheries-là....

FLORVAL.

Le tour eût été plaisant ; mais entre nous , Piron n'est
guère tragique.

Air : *Eh , zon, zon , zon , Lisette.*

Digne fils d'Apollon ,
Que la Métromanie,
Plaça sur l'Hélicon ,
Qui lit Cortez s'écrie :
Eh ! non , non , non,
Ce n'est plus son génie ,
Eh ! non , non , non.
Ce n'est pas là Piron.

TELESCOP.

Que voulez-vous ? il me faut des nouveautés.

FLORVAL.

Rassurez-vous ; un amateur qui veut comprendre les paroles d'un opéra, doit toujours avoir le poëme dans sa
poche... J'ai le mien, et le voici. ( *Il le lui donne.* )

**TOUS.**

Nous sommes sauvés!

**FLORVAL.**

Le voilà le véritable poème ! celui qu'il faut jouer , et dont je vous garantis le succès !

**TELESCOP**, *vivement.*

Ah ! M Florval ! quel service vous nous rendez là ! c'est pour le coup que nous allons répéter. Mais d'abord, puisque vous venez de Paris , aidez-moi à donner les ordres à mon machiniste.

**LE MACHINISTE.**

Quand vous voudrez, Monsieur , je vous attends.

**FLORVAL** , *tenant le poème.*

Tout le premier acte se passe dans le camp des Espa-gnols.

**LE MACHINISTE.**

C'est bon. J'ai là haut les tentes de la fille Hussard.

**FLORVAL.**

Au second acte le théâtre représente les environs de Mexico. On aperçoit sur la droite un pont.

**LE MACHINISTE.**

Bon , j'ai le pont du diable qui fera mon affaire.

**FLORVAL.**

On doit voir dans le fond le grand temple des sacrifices.

**TELESCOP.**

Ah çà , mais le troisième acte est sans doute le plus beau ?

**FLORVAL.**

Superbe ! c'est l'intérieur du temple des vengeances où vous voyez...

Air : *Il n'est qu'un pas du mal au bien.*

> L'autel des prêtres du Mexique ,
> Qui pour mieux effrayer encor ,
> Est porté, par des tigres d'or ;
> Puis pour ajouter à l'optique ,
> Au beau milieu du temple indien ,
> Le dieu du mal qui fait fort bien.  ( bis. )

**LE MACHINISTE.**

Ah! quant à vos tigres, j'ai la biche de Geneviève , le lion d'Androclès , le taureau de Clodomir ; nous ne man-quons pas de bêtes depuis que nous jouons le mélodrame.

**TELESCOP.**

Diable !... un temple... un autel.., cela coutera fort cher, et je voudrais pourtant bien éviter la dépense. Ah ! ça, mais nous devons avoir encore quelques décorations d'Opéra?

LE MACHINISTE.

Certainement, monsieur.

Air : *J'ai vu partout dans mes voyages.*

Nous avons un temple de Gnide,
Au magasin, depuis vingt ans,
Nous avons la gloire d'Armide,
Qui peut encor durer long-temps,
Les Bardes, Hécube, Olympie;
Tout cela de mode est passé;
Mais j'ai l'autel d'Iphigénie,
Que le temps n'a pas renversé.

TELESCOP.

Va pour l'autel d'Iphigénie, il en vaut bien un autre.
Faites-nous le descendre.

LE MACHINISTE.

Allons, monsieur, je vais visiter tous nos décors; vous
m'appellerez quand vous voudrez, je vous attends.

( *Il sort.* )

# SCENE VIII.

LES MÊMES, excepté LE MACHINISTE.

LA DUÈGNE.

Ah! çà, mon cher régisseur, commençons donc... puisque
monsieur veut bien nous donner l'intention des rôles.

FLORVAL.

Sans doute. ( *Au régisseur.* ) Où sont vos soldats espagnols ?

TÉLESCOP.

Les voilà tous les trois.

FLORVAL.

Bon, vous arrivez deux à deux, vous vous placez sur le
devant du théâtre et vous criez à tue tète. ( *Il chante sur
l'air : Il faut quitter, quitter Golconde.* )

Quittons, quittons, quittons ces bords. ( *bis.* )

LES TROIS ESPAGNOLS.

Quittons, quittons, quittons ces bords, ( *bis.* )

( *Ils vont pour sortir.* )

FLORVAL, *les arrêtant.*

Eh! bien, où allez-vous donc ? Vous dites vingt fois
quittons ces bords; mais vous restez toujours en place.

TÉLESCOP.

Ces gens-là n'ont pas la moindre intelligence.

FLORVAL.

Air : *V'là c'que c'est qu'd'aller au bois.*

Que voulez-vous, cher régisseur ?
V'la c' que c'est qu' d'avoir un chœur,

3

Tout le temps , qu'un opéra dure ,
Sa voix fausse et dure ,
Manq e la mesu e ,
Et vient étourdir l'auditeur ,
V'la c' que c'est qu' d'avoir un chœur ; ( *bis.* )

TÉLESCOP, *aux espagnols.*

Mais une fois pour toutes , pénétrez-vous donc de l'esprit de vos rôles.

*Même air.*

Chanter la gloire du vainqueur ,
V'la tout c' que doit faire un chœur ;
Sitôt qu'une fête ,
S'apprête ,
De l'air le moins bête ,
Soulever la tête ,
Et le bras du côté du cœur ,
V'la tout c' que doit faire un chœur , ( *bis.* )

UN DES TROIS ESPAGNOLS.

Le bras droit , monsieur , c'est bon , on s'en souviendra.

FLORVAL.

*Même air.*

Exprimer à froid la fureur ,
V'la tout c' que doit faire un chœur ,
Appuyé contre la coulisse ,
Chanter sans malice ,
Ce qu'a dit l'actrice ,
Ou ce qu'a récité l'acteur.( *bis.* )
V'la tout c' que doit faire un chœur , ( *bis.* )

UN AUTRE ESPAGNOL.

Çà n'est pas difficile , on s'y conformera.

FLORVAL.

Passons à l'entrée de Fernand Cortez.

UN COMÉDIEN. ( *Récitatif.* )

Compagnons de Cortez , depuis quand sa présence
Vous fait elle éprouver ce trouble , cet effroi ?

Que vous manque-t-il donc ?

( *L'orchestre joue la fin de l'air de Sargines la Parole.* )

FLORVAL.

N'en dites pas davantage . vous étudierez le reste... ici les reproches de Cortez touchent le chœur qui s'écrie :

( *Il chante.* )

« Cortez , nous te suivrons au bout de l'univers. »

( *Au comédien.* )

C'est votre replique.

LE COMÉDIEN. ( *Récitatif.* )

Vous me l'aviez promis.

( *L'orchestre joue l'air : Souvenez-vous en.* )

FLORVAL.

Le chœur :            ( *Récitatif.* )

« Nous le jurons encore. »

LE COMÉDIEN. ( *Récitatif.* )

J'ai perdu mes soldats.

FLORVAL.

Ici le chœur se jette par terre, en s'écriant : Ils sont à tes genoux.

( *Au chœur.* )

Plus bas, plus bas !

( *A l'Acteur.* )

Dès que vous ne voyez plus leur figure vous les reconnaissez, et vous dites :

LE COMÉDIEN, *récitatif.*

» Mon cœur vous reconnait à ce noble langage. »

FLORVAL.

C'est bien, voilà les intentions. Vous avez ensuite une scène avec votre confident, qui ne sert à rien. Où est la jeune princesse ?

LA DUÈGNE.

Me voilà !.. Me voilà !..

FLORVAL, *récitatif.*

« Vers nous, Amazilly s'avance. »

## SCENE IX.

LES MÊMES, LAURENT.

LAURENT, *à Télescop.*

M. Télescop ? M. Télescop !

TÉLESCOP.

Eh ! bien, qu'est-ce qui vient nous interrompre ?

LAURENT.

Mademoiselle Devergondilly, votre sœur, est là qui demande à vous parler.

TÉLESCOP.

Ma sœur !..

LAURENT.

Elle est accompagnée de trois jeunes gens que je soupçonne de la troupe de ce jeune écuyer, notre rival.

TÉLESCOP.

Que peut-elle me vouloir ? Ah ! mon cher M. Florval, faites-moi l'amitié de monter au foyer avec ces messieurs, et d'y continuer la répétition pendant que je vais faire à ma sœur, une petite scène indispensable.

FLORVAL.

De tout mon cœur.

TÉLESCOP, *à ses acteurs.*

Air : *Du carillon de Dunkerque.*

Répétez avec zèle,
Cette pièce nouvelle,
Et songez, aujourd'hui,
Que Cortez est notre appui.

TOUS.

Répétons, etc.

TÉLESCOP.

L'argent doit vous séduire,
Cortez va vous conduire,
Pour prix de vos travaux,
A des succès nouveaux.

TÉLESCOP et FLORVAL.

Répétez avec zèle, etc.

LES COMÉDIENS.

Répétons avec zèle, etc.

( *Ils sortent.* )

# SCENE X.

**TÉLESCOP, DEVERGONDILLY, BAZILE, INNOCENTIN et IGNACE,** *ils se tiennent dans le fond du théâtre.*

DEVERGONDILLY, *récitatif d'opéra.*

Cher Telescop, daigne m'entendre.

TÉLESCOP.

Après votre escapade, Mademoiselle, je ne vous connais plus.

DEVERGONDILLY.

Air : *Je suis Madelon Friquet.*

Je suis Devergondilly,
Je suis ta sœur, ta sœur chérie,
Je suis Devergondilly,
Par mes larmes sois attendri.

TÉLESCOP, *tragiquement.*

De notre cruel ennemi,
Elle partage la furie,
C'est une autre Amazilly.

TÉLESCOP.

Non, non, Devergondilly,
N'est plus ma sœur, ma sœur chérie,
Non, non, Devergondilly,
N'est plus qu'une autre Amazilly.

*Ensemble.*

DEVERGONDILLY.

Je suis Devergondilly,
Je suis ta sœur, ta sœur chérie.
Je suis Devergondilly,
Par mes larmes sois attendri.

( 21 )

DEVERGONDILLY, *déclamant.*

Je venais t'apporter des paroles de paix.

TELESCOP.

La paix ! avec celui qui veut m'enlever mon théâtre. Ah !
ça, parlons raisonnablement : qu'est-ce que cette conduite-là
signifie ? Comment ! un nouveau théâtre vient s'établir à
côté du nôtre à Saulieu, et quand nous redoublons de zèle
et d'efforts pour empêcher qu'il ne nous enlève nos abonnés, vous quittez votre frère, vos camarades, pour aller
vous jetter à travers les chevaux.

( *Récitatif.* )

Et c'est toi, c'est ma sœur qui conduit leur furie !

DEVERGONDILLY.

Ne te souvient-il plus que sur ce même théâtre, le jour
de la première représentation d'Adam, je reçus quatre pom-
mes cuites, j'en aurais reçu dix sans ce jeune écuyer arrivé
de la veille, qui, se trouvant par hasard au parterre, tapa
si bien de droite et de gauche, qu'il mit en un clin d'œil
tous les cabaleurs à la porte. ( *D'un ton très-naturel.* ) Est-
ce que tu comptes cela pour rien ?

TELESCOP.

Toi qui tenais ici l'emploi des travestissemens, des prin-
cesses et des ingénuités... Tu renonces à tout cela pour le
saut du tremplin... Car je sais ce qui se passe dans ton nouveau théâtre. Ah ! ma sœur !

Air : *Morgué qu' ta mère est donc sauvage.*

Pouvez-vous, d'un air de conquête,
Debout, sur un fier animal,
Passer autour de votre tête
Les guides de votre cheval ?

DEVERGONDILLY.

Mon cher frère, ne vous déplaise,
Ce langage est celui d'un fou ;
Jeune fille est toujours bien aise
D'avoir la bride sur le cou.

TELESCOP.

Je me suis toujours bien douté que c'était cela qui vous
avait tourné la tête.

DEVERGONDILLY.

Ah ! Télescop ! si vous pouviez voir mes triomphes dans
l'équitation !.. Figurez-vous un cirque magnifique, rempli
d'une foule immense.. Attends que j'ôte ma douillette.

Air : *Lison dormait.*

Soudain m'élançant dans l'arène,
Je salue en faisant trois pas ;
Puis à cheval je me promène
Les pieds en l'air, la tête en bas.

L'autre jour, la foule éperdue,
Sur deux beaux coursiers m'admira,
Jambe par-ci, jambe par-là.

TELESCOP.

Ah! grands dieux! ma sœur est perdue.

DEVERGONDILLY.

ensemble. {
Jambe par-ci, jambe par-là,
Quel spectacle que celui-là!

TELESCOP.

Jambe par-ci, jambe par là,
Quel spectacle que celui-là!

( *Récitatif.* )

Ah! songe aux dangers que tu cours.

( *Parlé.* )

Reviens à la raison.

DEVERGONDILLY.

Impossible.

TELESCOP.

Mais vois donc la supériorité de notre théâtre?

DEVERGONDILLY.

Laissez-donc tranquille; on voit bien que vous ne con-
naissez pas le manége; ah! mon frère! quelle troupe! quels
acteurs.

Air: *Encore un quartron Claudine.*

Jamais sur notre scène
D'indisposition;
On leur donne, sans peine
De l'émulation,
Avec un litron
D'aveine,
Avec un litron.

*Même air.*

Si l'un d'eux, de la scène
Sort par distraction,
Soudain on le ramène
A sa direction,
Avec un litron
D'aveine,
Avec un litron.

*Même air.*

Au bout de la semaine,
Lorsque le compte est bon,
On leur donne pour pleine
Gratification,
Encore un litron
D'aveine,
Encore un litron.

TELESCOP.

Penses-tu me séduire avec ces discours là?... j'avais le
plus beau rôle à te donner dans un opéra nouveau.

**DÉVERGONDILLY.**

Encore quelque princesse qu'on veut tuer... Bah ! j'en
ai assez joué comme çà.

**TELESCOP.** ( *Récitatif.* )

Cède à ton frère qui t'implore ,
Si le devoir te parle encore ,
On répète au foyer, j'y puis guider tes pas.

**DÉVERGONDILLY.**

Air : *Je n'saurais danser.*

Je n'saurais rentrer,
Votre salle est trop étroite ;
Je n'saurais rentrer,
Ailleurs je cours me montrer.
La gloire et l'argent,
C'est ce qu'un acteur convoite ;
A cheval vraiment,
J'en aurai plus lestement.

**TELESCOP.**

Oui ! tu le prends sur ce ton là , eh bien !...

Air : *Walse du Pauvre diable.*

Je t'abandonne aux sifflets du parterre,
Et te renie à jamais pour ma sœur.
**DÉVERGONDILLY,** *au Public.*
Billets donnés, applaudissez mon frère;
Ah ! je pardonne à sa funeste erreur.
**TELESCOP.**
De te fléchir , puisqu'en vain je m'efforce,
Ah ! puisses-tu, pour prix d'un lâche amour ,
Ne jamais faire un seul bon tour de force,
Et de cheval tomber vingt fois par jour !
**TELESCOP.**
Je t'abandonne aux sifflets du parterre ,
Et te renie à jamais pour ma sœur.
Que la cabale, en t'écrasant t'éclaire ;
Va , je te livre à toute sa fureur.
*ensemble*
**DEVERGONDILLY.**
Billets donnés , applaudissez mon frère ;
Ah ! je pardonne à sa juste fureur ;
Il me méprise, et malgré sa colere,
Je le sens trop, je suis toujours sa sœur.

( *Elle s'enfuit. Les trois Innocens qui sont restés pendant
la scène au fond du théâtre , vont pour la suivre.* )

**TELESCOP.**

Ah ! vous croyez m'échapper.

( *A la cantonnade.* )

A moi , mes camarades ; Laurent, fermez la porte d'entrée
du théâtre ; ( *Aux comédiens et à Florval qui paraissent.* )
et courez après ma sœur.

# SCENE XI.

## TÉLESCOP , FLORVAL , LES COMÉDIENS.

### TELESCOP.

Air : *R'lan tan plan tire lire.*

Qu'on les saisisse à l'instant ,
En plein , plan , r'lan tan plan ,
Tirelire en plan ,
Et qu'on sache lestement
Ici les reconduire.

### LE CHOEUR.

Faisons ce qu'il désire ,
Et pour mieux les réduire ,
Menons-les , tambour battant ,
En plein plan , etc.

*( Ici on amène les trois Innocens sur le devant de la scène
à la droite du théâtre. )*

### TELESCOP.

Grand dieu ! je suis triomphant.

### LES TROIS INNOCENS.

Juste ciel ! quel martyre !

### TELESCOP.

Mais pour mieux les réduire ,
Chargeons-les sans rien dire ,
De trois chaines de fer-blanc ,
En plein plan , etc.

### LES INNOCENS.

Quoi ! des chaines de fer blanc ;
Ça n'est donc pas pour rire.

# SCENE XII.

## LES MÊMES , UN COMÉDIEN *accourant.*

### LE COMÉDIEN.

La princesse nous est échappée.

### TELESCOP.

Je suis d'une colère... Ah çà , mais reprenons notre répétition.

### FLORVAL.

Je viens d'indiquer à vos acteurs toute la marche du poème ; mais voyons un peu votre ballet ; vous savez que je suis connaisseur et que j'ai dansé la gavotte dans les cercles de Saulieu , avec quelque succès.

TELESCOP.

Quoi, M. Florval, vous voudriez prendre la peine?...

FLORVAL.

C'est un plaisir, je vous assure.

TELESCOP, à Florval.

Je suis confus. ( à la cantonnade. ) Que l'on prie toutes ces dames du ballet de vouloir bien descendre.

FLORVAL.

Vous n'imaginez pas, mon cher, à quel dégré de perfection la danse est portée à Paris, et quand madame Gardel paraît sur le théâtre :

Air : *Du premier pas.*

Son premier pas captive le parterre ;
De l'admirer on ne se lasse pas,
Et l'on devine à sa grâce légere,
Que Terpsicore autrefois lui fit faire
Son premier pas.

( *Trois enfans, vêtus en danseurs, dansent un pas sur l'air de la contredanse de Psyché.* )

FLORVAL.

Pas mal, pas mal ; mais cependant pas assez d'abandon.

Air : *de la ronde de il était pour Saint-Malo.*

Pourquoi cet air de nonchalance,
Et ces yeux si froids,
Et tous ces corps si droits,
De l'Opéra suivant les lois,
Trémoussez-vous
Amusez-nous,
Trémoussez-vous, c'est le privilège de la danse,
Trémoussez-vous bien,
Et le public n'y perdra rien.

*On reprend en chœur la fin de chaque couplet, et l'on danse.*

Certain de son obéissance,
Au grand Opera
Quand fillette entrera,
Savez-vous ce qu'on lui dira :
Trémoussez-vous,
Belle aux yeux doux ;
Trémoussez-vous, c'est le privilège de la danse,
Trémoussez-vous bien,
Et le public n'y perdra rien.

Ce joli mot a pris naissance
Au jardin d'Eden,
Où le démon malin,
Dit au père du genre humain :
Trémoussez-vous,
Amusez-vous,
Trémoussez-vous, c'est le privilége de la danse,
Trémoussez-vous bien,
Et le monde n'y perdra rien.

TELESCOP.

Tout le monde pour le troisième acte ; l'autel est-il prêt ?

LE COSTUMIER, *en habit de grand-prêtre.*

Me voici, me voici.

LE MACHINISTE.

Quand vous voudrez, Monsieur, on vous attend.

FLORVAL.

Ah ! ça, il vous faut pour cet acte là, trois espagnols enchaînés.

TELESCOP.

Ah ! diable ! c'est que tout mon monde est employé.

FLORVAL.

Eh ! mais parbleu voilà trois gaillards qui restent là les bras croisés. C'est positivement ce qu'il faut pour un opéra.

TELESCOP.

Idée lumineuse, ils paieront pour ma sœur. ( *Aux trois Innocens.* ) Messieurs, voulez-vous bien nous faire l'amitié d'accepter chacun un petit rôle dans l'opéra que nous montons ?

LES TROIS INNOCENS *rient bêtement.*

Nous ? laissez donc, nous ne jouons que la pantomime.

TELESCOP.

Air : *Messieurs les démons, etc.*

Mes amis,
Nous sommes ennemis,
Soyez soumis,
Puisqu'on vous a pris.

LES TROIS INNOCENS.

On ne peut nous forcer, dieu merci,
A jouer des rôles ici.

TELESCOP.
Si.

Sur tous les trois
Nous avons des droits.
Oh ! vous chanterez
Et vous jouerez,
Figurerez ;
Il nous faut ici trois espagnols
Qui chantent ma foi comme de petits rossignols.

LES TROIS INNOCENS.

Dans l'opéra pouvons-nous briller ?

TELESCOP.

Eh ! morbleu, sans vous faire prier
A l'unisson,
Sans tant de façon,
Chantez seulement un canon.

LES TROIS INNOCENS.
Non.

TÉLESCOP.

Non. Eh ! bien , vous allez voir beau jeu , à moi Laurent , Michel , François !..

LES TROIS INNOCENS , *s'avancent sur le devant de la scène , en levant les bras en même temps. L'orchestre joue la ritournelle et les premières mesures de l'ô* SALU- TARIS DE GOSSEC.

O Salut...

FLORVAL , *les arrêtant.*

Eh ! bien , voilà tout ce qu'on vous demande , attendez seulement qu'on joue la ritournelle ; ici l'orchestre exé- cute une musique barbare et le chœur s'empare des prison- niers , qu'il tourmente à faire plaisir

LE COSTUMIER , *en habit de grand prêtre.*

Air : *Avant d'y passer, sans te faire presser.* ( De Jocrisse aux enfers. )

Allons , mes garçons ,
Avançons ,
Sans façons ,
Et puisque nous vous tenons ,
Soyez , mes amis , tous les trois en ce jour ,
Nos victimes tour à tour.

LES TROIS INNOCENS.

I g'nia qu' dans les opéras
Qu'on voit des bamboch's pareilles ;
N'm'écorchez donc pas les bras ,
C'est ben assez des oreilles.

CHŒUR.

Allons , etc.

# SCENE XIII.

LES Mêmes , DEVERGONDILLY.

DEVERGONDILLY , *récitatif.*

Barbares , arrêtez ,
Des Innocens je viens briser la chaine !

TÉLESCOP , *froidement.*

C'est encore toi , comme la voilà faite.

DEVERGONDILLY.

Écoutez tous , quand j'ai vu que vous aviez arrêté les trois hommes qui m'accompagnaient tantôt , et parmi lesquels se trouve Bavard , l'illustre frère de mon amant.

LE COSTUMIER.

Bavard ! c'est sûrement celui dont on ne peut tirer une parole.

**DEVERGONDILLY.**

Juste. Me doutant bien que si je ne rentrais pas de bonne grace, vous réserviez à ces trois Innocens un supplice horrible...

**LE COSTUMIER.**

Chanter l'opéra... Rien que cela !..

**DEVERGONDILLY.**

Je n'en fais ni une ni deux, Ferdinand, qui n'a pas de malice, au lieu de me faire garder à vue, me laisse bêtement sur le bord d'un petit fossé plein d'eau qui sépare, comme vous savez, la grande rue de Saulieu de la salle de spectacle. J'avais dix autres routes à choisir, mais je me souviens que j'ai trois mois d'école de natation et je fais une tête devant.

**LE COSTUMIER.**

Air : *Nage toujours mais n't'y fies pas.*

> Gaîment se jetter à la nage,
> C'es sans doute faire un beau coup ;
> Mais cette conduite est peu sage,
> Et c'était s'exposer beaucoup.
>     Ce court voyage,
>     Soit dit tout bas,
> Pouvait entraîner un naufrage ;
> Une autre fois, en pareil cas,
> Nage toujours, mais n't'y fies pas.

**TELESCOP**, *lui remettant sa douillette.*

Ah ! ça, prends garde d'attraper un rhume.

**DEVERGONDILLY**, *passant sa douillette.*

Ça se séchera mon frère, d'après ça mes enfans je reprends mon rôle.

**LA DUÈGNE.**

Elle avait bien besoin de revenir sitôt.

**DEVERGONDILLY.**

Donnez-moi la pièce, je me mets en scène ; où en êtes-vous ?

**TELESCOP.**

Au moment où l'on va sacrifier la princesse, c'est le grand prêtre qui chante.

**LE COSTUMIER**, *récitatif.*

> Qu'Amazilly périsse à l'instant même,
> Ces vainqueurs d'un moment vont tomber sous nos coups.

( *On entend dans la coulisse de grands coups de fouet.* )

# SCENE XIV *et dernière.*

LES MÊMES , FERDINAND , *sous le costume de Dom Quichotte, est monté sur un âne ; il est suivi de six écuyers montés sur des ânes de bois.* )

FERDINAND.

*Air de la Galopade.*

Ah ! le maudit animal ;
    Il s'arrête ,
    Je le fouette ;
Mais le maudit animal
N'en va , je crois , que plus mal.
A la fin vous me voyez ;
    De crainte
Qu'en cette enceinte
Vous ne la sacrifiez ,
J'ai fait feu des quatre pieds

TOUS.

Des ânes ! quel prodige !

TÉLESCOP.

Arrêtez , arrêtez , mon théâtre n'en pourra jamais porter tant que cela !

FERDINAND.

Vous alliez l'immoler , cruels ?

DEVERGONDILLY , *à Ferdinand.*

Laisse donc tranquille ! est-ce que je me serais laissée faire ? c'est le dénoûment de Fernand Cortez.

FERDINAND , *descendant de son âne.*

Ah ! bien , ma foi , puisque j'y suis , je m'empare de ce théâtre , et désormais j'y ferai mes exercices.

TÉLESCOP.

Il est sans gêne.

FERDINAND.

Eh ! bien , monsieur le régisseur , qu'en dites-vous ?

TÉLESCOP , *récitatif.*

Respecte ma douleur , elle est trop légitime.

( *Parlé.* )
Ah ! quelle charge !

FERDINAND.

C'est une petite charge de cavalerie.

( Récitatif. )

       Apprends à me connaître ;
C'est par mes bienfaits seuls que je veux t'enchaîner.

( *Parlé.* )

Ecoute , Télescop , je suis directeur d'un théâtre qui peut faire beaucoup de tort au tien. Je me trouve dans ce moment-ci à la tête d'une douzaine d'ânes...

( 3o )

Air : *Avec vous sous le même toît.*

Avec vous , sous le même toit ,
Permets-nous de passer la vie ,
Et que Dévergondilly soit
L'objet qui nous réconcilie.
Par l'effet de ces doux liens ,
Qu'en tous les yeux la gaîté brille ,
Et que tes sujets et les miens
Ne forment plus qu'une famille.

TÉLESCOP.

Diable , cela demande réflexion !

DÉVERGONDILLY.

Mon frère !

FLORVAL.

Ma foi , mon cher Télescop , je vous conseille d'accepter ;
il vous fallait des chevaux pour monter comme à Paris l'Opera
de Fernand Cortez ; ces modestes animaux les remplaceront
ici et tout bien calculé le marché qu'on vous propose est
fort avantageux pour vous.

TÉLESCOP.

Vous croyez ? en ce cas là...

( *Récitatif.* )

Je cède à la reconnaissance ,

( *A Ferdinand.* )

Et tes vertus ont subjugué mon cœur.

FERDINAND.

Voilà ce qui s'appelle parler , et vous verrez que nous
ferons de bonnes affaires ensemble.


# VAUDEVILLE.


FERDINAND.


Air : *D'une ancienne ronde de Porro.*


Dans leurs opéras nouveaux ,

Tous nos modernes poëtes

Introduisent des chevaux ,

Dont les grâces sont parfaites.

Ils figurent dans les fêtes ,

En acteurs intelligens ,

Les figurans et mes bêtes ,

Tout ça passe (ter.) en même temps.

### TÉLESCOP.

Quand d'un drame sérieux
Un auteur nous gratifie,
Le vaudeville joyeux,
Le tourne en plaisanterie.
Ainsi le plaisir varie,
Mais après quelques instans,
Le drame et la parodie
Tout ça passe (ter.) en même temps.

### FLORVAL.

Chacun mène son bateau
Sur le fleuve de la vie,
Pour suivre le fil de l'eau,
Chacun double d'industrie.
On se heurte, on s'injurie,
Mais , faibles jouets des vents,
Amour, sagesse , folie,
Tout ça passe (ter.) en même temps.

### LE COSTUMIER.

C'est un pays enchanteur,
Que le pays des coulisses ,
Là pour charmer l'amateur,
Que de piquans artifices.
Tout brille, tout est délices,
Mais après quelques instans,
Costumes, décors, actrices,
Tout çà passe (ter.) en même temps.

### LE MACHINISTE.

Pour les décors d'opéra,
Ce n'est pas moi qu'on attrappe ,
Tout ce qu'il me faut est là ,
A mon coup-d'œil rien n'échappe ;
Et du pied, lorsque je frappe ,
Cieux, enfer, palais, torrens ,
Soudain, par la même trappe,
Tout çà passe (ter.) en même temps.

DÉVERGONDILLY , *au Public.*

Quand , la marotte à la main,
Le Vaudeville      goguettes,
Au gré d'un  ublic malin ,
Fredonne se   hansonnettes,
Pour les fautes qu'il a faites
Vous daignez être indulgens ,
Bons mots , scènes imparfaites,
Tout çà passe ( ter. ) en même temps.


FIN.